DISNEP

Winnie
Promenade de Noël

PRESSES AVENTURE

Paru sous le titre original de : *Pooh's christmas sled ride*

Ce livre est une production de Random House, Inc.

Publié par **PRESSES AVENTURE**, une division de
LES PUBLICATIONS MODUS VIVENDI INC.
55, rue Jean-Talon Ouest, 2ᵉ étage
Montréal (Québec)
Canada H2R 2W8

Dépôt légal - Bibliothèque et Archives nationales du Québec, 2006
Dépôt légal - Bibliothèque et Archives Canada, 2006

Traduit de l'anglais par : Catherine Girard-Audet

ISBN-10 : 2-89543-514-6
ISBN-13 : 978-2-89543-514-3

Nous reconnaissons l'aide financière du gouvernement du Canada par l'entremise du Programme d'aide au développement de l'industrie de l'édition (PADIÉ) pour nos activités d'édition.

Gouvernement du Québec — Programme de crédit d'impôt pour l'édition de livres — Gestion SODEC

Winnie
Promenade de Noël

par Isabel Gaines
Illustré par Studio Orlando

Winnie se réveille.

Il veut aller faire une
promenade en traîneau !

Winnie se rend
chez Maître Hibou.

Maître Hibou veut également
faire une promenade en traîneau.

Tout le monde va glisser

sur la grande colline !

Ils glissent vite, vite,
et plus vite encore !

« Youpi ! »

« Tiens bon, Porcinet ! »

Oh non ! Porcinet

tombe à la renverse.

Où est Porcinet ?

Porcinet s'assoit à l'arrière.
Ils glissent vite, vite,
et plus vite encore !

Oh, non ! Porcinet fait
encore une chute.

Où est Porcinet ?

Tout le monde
remonte la colline.

Voici Porcinet !
« Monte devant
avec Petit Gourou »,
dit Winnie.

Porcinet monte devant.

Ils glissent vite, vite, et
plus vite encore !
Oh, non !
Porcinet tombe à
la renverse.

Où est Porcinet ?

Le voici... tout
en haut de la colline !

« Nous te tiendrons
très fort cette fois »
dit Jean-Christophe.

Jean-Christophe serre les bras autour de Porcinet.

Puis tout le monde
s'accroche à Porcinet.
Porcinet ne bouge pas !

Ils glissent vite, vite,

et plus vite encore !

Tout le monde s'amuse…

surtout Porcinet !